詩集

虹の地殻

橋浦 洋志

砂子屋書房

＊目次

Ⅰ　9
Ⅱ　41
Ⅲ　79
あとがき　127

装画・十河雅典
装本・倉本　修

詩集

虹の地殻

I

I—1

いつの間にか抱え込んだらしい
ぎしぎしと犇めく闇の石たち
明るく灯される電飾の明滅が
華やかに開くとき
石は身を擦り合わせて鳴る
ぎしぎし
都会の夜を揺する

掘り返された石のように
黙り込んだ者たち
(黙り込んだのはどちらだろう
　耳と舌を捨てて)

掘り出された石は黄金を滴らせ
やがて黙りこくった肉体のように
片隅の日陰に積まれていった
塵に帰れとばかりに

谷あいの川に黄金が溶け
氾濫をくり返し
流域はいちめんに窒息していった
七色の油膜は竹と人の根を絶やしながら
河口へと向かい
さらに海流を横断するように
大陸の岸へと寄せていった
ぎらぎらした黄色い波は押しのぼり
これを防ごうと
夥しい人馬が行き交い砲声がくり返されて

やがて
この島に小旗が振られ
提灯が灯されて
いっとき電飾の幻に覆われた日
石たちが山裾でぎしぎし闇を揺するのを
聞く者はなかった

石よ
押し込められた人間
転がる
一握りの重さ

捨てられた歴史から客土された
水捌けのよい土の上に咲いている
都会の

夜の桜
人々は耳と舌を油膜に被われて
路面は七色に滲んでいる

I—2

谷川に寄り添うようにくねる鉄道
この二つを縫い合わせるように
一本の道が
山腹に切れ込んだいくつもの沢を渡り
距離を縮める

（ほんとうにそうだろうか
はげしくカーブする
道は
晩秋の木々の間を
どうどう巡りしているだけではないか）

あの日
私の夢の敷地から
廃墟が見えた
それは気づかぬほどに
冷え冷えと崖上に傾き
崩れた鉄柱に夕日が跳ね返って
庭をほのかに明るませた
古代遺跡の丘には及びもつかなかったが
夜ごとに私の夢を占領し
私は廃墟に仕える奴僕のように
そこへ向かって歩き始めた
時折夕闇の中に見失いながら
いく度も同じ道を

また

大きくカーブする
私は近づいているのだろうか
つぎつぎに目に飛び込む標識
標識が標識に受け継がれ
矢印はまた標識を指し示す

夢の中の
ほの暗い目眩とともに私は見た
出陣する牛馬と凱旋する将校
道は廃墟の奥へと続き
石の門に文字が彫られている
降下せよ
縦坑をひたすらに下れ　ただし
詩人の立ち入りを禁ず　と
神の関心が届かない地の底では

詩人の肺は縮んでしまう　とも

標識が
後ろへ流れる
谷がだいぶ迫ってきた
カーブを切ると
山々が幾重にも壁を巡らし
奥へ奥へと私を誘う
（あそこにあれはあるはずだが）

落下せよ
縦坑を目眩のうちに下れと
ビートの効いたリズムにのって
ハンドルを切る

巨大な難破船の残骸が
崖上に
裸身を曝している
錆び崩れた鉄骨が
この世の無関心に艶やかに濡れて
(これがほんとうにあれなのだろうか)

I―3

湿原に注ぐ水路に
佇む者は魚影を追わず
鉱物質の
鋭利な水によって
扼殺された微塵の命を
いくども反芻しながら
水底の砂礫をじゃりじゃり奥歯で噛む

火と煙に燻された山脈は
草木の影も見えない
鳥の声は聞こえず
秋の日は烈々と山間に落ちてくる

重なる山々は黒々と裾を引き
一瞬の叫び声を上げて
仰向いている

道らしい道のない向こう岸をトラックが走る
人の営みのたじろがぬ根強さを前に
私は何をしに
ここに来たのかと
迂闊な旅支度を悔い
虚ろな布袋を背中に負って
もしや旅情の余りにも脆い発光ではなかったかと

臓腑を抜き取られた山々の屍の上に
一本の巨大な煙突がそそり立つのは
時間の澱みに傾きながら漂着した

祈りの塔か
黄金の神が倒れてもなお幻影は消えず
おのが手のひらに付着した金粉を
ぬぐってみる

穴に閉じ込められた身元不明の
荒ぶる魂に沈黙を強いてきた
近代の倨傲を撃つ
言葉はまだ口にのぼらず
季節にかすむ細い葦だけが
いっせいに天に向かっている
しゅんしゅんと鳴る風の音に
私は私の内部の全景を聞き取ろうとする

Ⅰ―4

光があった
闇が残された
昼夜の区別なく闇は闇のままに
天と地の運行から取り残され
宇宙の記憶からも抜け落ちたままに

神が忘却したものを
掘り起こすことは
自らが
終わりなく闇を砕き続けることだ
あたかも自らを罰するかのように

しかし
闇は特異な光で世界を照らすことがある
光の奥に隠れて見えない闇を
照らし出すのは激しい闇の視力なのだ

白昼、わたしはほの暗い山の中で道を見失っていた。明るい日差しは梢からこぼれて、時折風がそれらを吹き散らすように、わたしの耳元で葉ずれの音が波立つばかり。人影もなく、わたしだけが孤独な演じ手のように、木立の間をすり抜け、無意味な言葉を発し、空を仰ぎ、憔悴していた。

男は木立の根方に不意に現れた。得体の知れない固まりのように、落ち葉が腐食する湿った臭いをまとい、薄ひげに覆われた顔はこけて、瞳は凍った夜のように冷たく光っていた。神が無関心に忘却したことどもを記憶している男、それがカヅチであった。わたしはカヅチによって救われたのだが、その前に、わたしはいよいよ見当もつかない山の奥へと迷い込むことになった。山。そこは山だったのだろうか。その景気を何といおう。鬱蒼とした枝の広がりはことごとく鋸状の葉を広げ、幹には錆び付いた釘のような棘が生えていた。わたしの衣服はすでに裂け皮膚は血を滲ませた。痛みをこらえながら何故わたしがカヅチに従ったか。そもそも何故わたしが山の中に迷い込んだのか。それはここで語るべきことではない。そうすることでこそわたしがこうして誰も信じてくれそうもない出来事をわざわざ書き記す意味が完結するからである。

立ち止まり、カヅチはわたしにこういった。「降下せよ」。わたしは恐れた。すでにわたしの前には暗い洞窟が口を開けていたからである。そこからは黴臭い風が吹き出ており、ぞっとする寒気にわたしは襲われた。カヅチはわたしを振り返ることなく、その洞窟に入っていった。

Ⅰ—5

光があった
闇が残された
闇はあまりに濃く
それ自体が闇を照らすように
ほの明るんでいた

競技場のようにくりぬかれた広場には
裸の男たちを鞭で打ち続ける者がいた
男たちは足下の石を両手で抱えては高く掲げ
それを再び足下に置く
まるで体を鍛えてでもいるように
この動作をひたすらに繰り返している

石を持ち上げては下ろしている男たちの手首には
ロープがまかれロープは天井の滑車に掛けられている
二人一組の男たちは滑車を介して結ばれたおのおのの腕を
互いに上げ下げしているばかり
鞭を持つ者は無言で
裸の男が取り落とした石をよけ
さらに大きな石を足下に置き直すと
ぴしりと鞭を鳴らした

彼らは何をしているのかとわたしは聞いた。カヅチはいった。「男たちは自分の石の方が重くなれば腕を頭上まで上げる必要はない故に、互いにより重そうな石をさがし続けているのだ」と。そのために渾身の力で腕を下に引き戻さなければならない。男たちの顔は老人のように皺に覆われ醜くゆがんでいる。全身の皮膚はかさかさに乾き、ロープで締め付けられた手首からはからびた骨さえ見える。「鞭持つ男は誰か」。カヅチはわたしを見て答えを促した。気を取り直しわたしはこういった。「多分残虐は無益なことの過剰さであり、無益を過剰に酷使することで利益を得る、武器商人のはずだ」と。カヅチは薄笑いを浮かべ、いや違うというように目をそらした。そしていった。「あれは黒い快楽だ。生と死を無理にも行き来することで、裸の男たちも甘い泥に沈むだろう」と。わたしの中できりきりと滑車に掛けられたロープが軋んだ。

Ⅰ—6

足下に深い穴があいて、カヅチはするりとその中に姿を消した。梯子らしきものが垂直に掛かっており、わたしはおそるおそる爪先で闇をまさぐりながら降りた。激しい水音にまじって賑わう声が聞こえてくる。たっぷりとした地下水がよじれながら滝となってなだれ落ち、こちら側には円形の広場がある。

どよめきが静まると
影たちが一列進み出て身構える
頬骨は突き出て肉が落ち
足は枯れ木のように細い
呼び子が鳴る
影たちがいっせいに走り始める

広場の端に置かれた一脚の椅子をめがけ
半ばで倒れる者
三人四人とよろける者
砂地にまみれ
我先に重なり合って倒れ込む
金色の椅子は砕け
影たちはのめるように
滝壺へ落ちていく
広場の上に
とりどりの旗のついた綱が一本
その下に椅子がまたひとつ用意され
歓声が上がり
影たちが小さな獣のように飛び出してくる

「無邪気は罰を免れた暴力だ」と、カヅチはいった。「だが黄金の椅子に坐るのは年老いた無邪気だ。死にはいつも無邪気さがひそんでいる。椅子を用意する者、それは無邪気な復讐だ。椅子の留め金ははずされている。両者はこうしていつまでも老いらくの恋のように、死と戯れて飽きることがない」。カヅチはこういってわたしを裏手へと導いた。

そこから飛沫を上げる滝壺をいち望することができた。無数の流木のように落下する人影。この淵を一度見た者は二度と希望という言葉を口にしないだろう。未来はあたかも行く手から真っさらな時のように吹き付けてくる。が、それは現在という水路をくぐるうちに、薄黒く濁り、あらゆる時が過去という底なしの滝壺に落ちていく。雨が海へ出て再び空へ帰るという循環のなかにあるように、歴史もまたこの滝から蒸発した時が再び未来という呼び名でやって来る。白い輝きで。

わたしが想いにふけっているとカヅチがそばに寄り、目でやめろといった。「お前が思うそのような時はどこにもない。それはただの像にすぎない」とでもいうように。そして「お前が見ているのは、お前の時ではないのだ、お前に時を語る資格はない」と。

わたしは這いながらカヅチの後に続いた。目に入る汗を拭うこともできない。目がかすむ。天井は圧し迫るように低い。遠い風音のようにかすかな歌が聞こえてきた。

はいずりまわれ
こっちの首は闇のなか
そっちの尻は闇のそと
下はツルハシ
上はテッポウ
立ち上がれ
いっせいのせいで
ツルハシを
（目から火を出せ）

(どかんといっぱつ水を出せ)
いっせいのせいで
テッポウを
(小鳥をみんな撃ち殺せ)
(狸はさっさと逃げちまう)
そっちの首は闇のなか
あっちの尻も闇のなか
下はツルハシ
上はテッポウ
(旗は垂れ)
はいずりまわれ
(洟ったれ)
おいらのじんせいけっとばせ
おいらの夕飯みそったれ

天井には絵のようなもの。立て掛けられた戸板の上に釘付けにされたひとりの男。周りは腹や頭が上になり下になり、背中は腹と見分けがつかず、尻や乳房が様々な顔を圧し潰している。はみ出す耳にねじくれる顎、歪んだ目鼻。犇めく顔は何故かみんな口を開いている。なかに軍人らしき者。手にしたサーベルが女性器を突き刺し、首はへし折れている。この傷のような迷走する線描画はいったい誰が彫り付けたのか。あたかも聖堂の天井画のように。戸板の上の男の口だけは真一文字に閉じられている。肉落ちた頬のまばらな髯のなかから、左右の大きさの違う目がこっちを見ている。痩せた胸と大きな男根。耳は削ぎ落とされ、右足が踊るように隣の女の大きな尻を蹴り上げている。蹴り上げられた尻の上に、船が三隻煙を吐いている。大砲を陸地に向かって撃っている。船の周りに散らばった筏の上に、石のように積み上げられた顔。筏は船に引っ張られ陸地から離れている。陸地にはことさら深く彫られた紋章のような女性器。ただ気まぐれな混乱としか見えない。どこからともなく、シタハツルハシ、ウエハテッポウ、ミソッタレ。

I—7

擂り鉢状とはよくいったものだ。下へ向かって狭まる斜面は崩落をくり返している。それは地表の崩落であるとともに、見つめる者の内なる崩落なのだ。ひと握りの砂のようにあるいは重い気流のように止めどなく、そしてすべてが巨大な空虚だ。

細かく彫り込まれた段丘状の斜面には、切り刻まれてばら撒かれたような無数の白い切片がへばりついている。刻まれ捨てられた秘匿すべき書類のようにびっしりと。見つめていると少しずつ図柄が変わっていく。湿った暗がりに異常発生した羽蟻の群れ。あるいは地の穴にへばりつく人らしきもの。紙切れ一枚のシャツを身につけて羽虫のように、蟻ほどの秩序もなく擂り鉢状の斜面に蠢いている。シャツ一枚から手足のごときものを突き出して。

擂り鉢状の底から何かが掻き取られている。白いシャツが擂り鉢状の底を掻き取っては上を目指す。ここの時間はいったいいつからこのように掘り捨てられてきたのか。労働とは肉体による時間の組織化ではなかったか。揺り鉢の中で、それは際限なくすり潰され、もはや原形を止めない繊維であり、生活の永遠の執行猶予なのだ。掻き取られた地の底が巨大な口を開けるまでどれほどの肉体が気化したか。ひらと風に舞う切片のように。それにしてもこの空虚。土塊を銜えた蟻の小刻みな気の遠くなるような幾万の歩みが、時間そのものを食い尽くしたのだというほかはない。この揺り鉢を逆さにすれば、ちょうどそれはそのまま幻影の不二だ。わたしはもの語りのような歌のような奇妙なものを思い出した。

猿のような鳩のような犬のような
二本足の豆粒たちが斜面をよじ登る
土埃が舞って

猿が犬に噛みつくたびに
鳩は毛の生えた豆を啄もうとする
なだめにかかる桃
のような豆粒を先頭に
雲の上に団子印の旗を立てようと
ときおり赤い豆が描かれた扇子を
ぱっと開いて
雲の峰を仰ぎ見る
猿と鳩と犬と桃は
もう三千年も揺り鉢山を登ってる
豆ならいいかげんころがりゃいいのに
とっくに爺さんも婆さんもいないのに
めでたしめでたしの声を聞きたくて
団子印の旗を立てたくて

揺り鉢に闇が這いはじめた。縁から伸びた黒ずんだ舌が揺り鉢を舐める。闇の舌がすっかり揺り鉢を舐め尽くし、あの微小な生き物たちはすでに虚無の胃の中だ。ぽっかりとした闇。すべての気力を消尽させる穴。ここに吸い込まれればいかなる理不尽にも声ひとつ上げることはないだろう。だが、カヅチはいう。「シャツ一枚が、突きつけられる銃剣を払い除けることもあるのだ。意志は生ける者すべてに残されている」と。この言葉を聞いたとき、わたし自身が大きな揺り鉢の底で這いずり回る一匹の蟻のように思われた。危うく明滅する意志の灯りを腰の辺りに巻き付けて。

地の底から吹き上げる風に運ばれてくる遠い雷鳴。声が雪崩れている。かすれ声の叫びが燃えながら転がり落ちる。

カヅチとわたしは再び暗く細いトンネルをたどることになった。踏み固められた赤茶色の土が生き物の喉を思わせる。渇いた喉に貼り付いたように二本の赤錆びたレールが足下に浮き出ている。地下鉄道。ゴトゴトと地響きがして林檎箱ほどの貨車が連なって後から迫ってきた。カヅチとわたしは壁に背中を寄せた。いく体ものひと形が箱の中に坐っている。ロウ質の顔は口を真一文字につぐみある者はうっすら笑い、彼らの目はいち様に遠くを見つめて澄んでいる。おそらくガラス玉が埋め込まれているのだ。ここでは視覚は必要ない。洞窟の中に棲む生き物が色と視覚をもたないように、眼球は透明な鉱物質の固まりで足りる。ふと甘酸っぱい臭いが漂い、攪拌される空気に混じって鼻骨の奥をくすぐった。ひと形の手のひらの窪みに小さな林檎がのっている。わたしはカヅチの肩を揺すった。カヅチは通り過ぎる箱を目で追いながらこういった。「見通すことは無用なのだ。彼らの目はこのことを語っている。遠くを見るなどということは、無用のことだ。偶然が生を象るとき考えることの無力を知る。思考は必然しか追えないからだ。しかし依然として彼らはいのちの記憶をたどっている。彼らにとって林檎は決して色つやではない。視力は浪費への気まぐれを掻き立てるだけだ。闇の中のかすかな臭いがいかに濃厚なものか。それは我々にとっても同じことだ。

我々もまた闇の中へ鼻先を突き出し、記憶の臭いを頼りにおそるおそる明日という断崖にいっ歩を踏み出すのだ。鉄道管理人はこのことをよく知っている。林檎いっ個が彼らをかろうじて生き延びさせる」。ひと形を積んだ最後の箱が通り過ぎた。薄い灯りが揺れながら遠ざかる。林檎が腐り果てるまでの時間を追い越して、彼らは死を掘り当てるだろう。それは常に他人の死であり、坑木のように折り重なってこの喉を塞ぐ。赤茶色の狭い喉の闇から波のように二度三度と笑い声が聞こえてきた。乾いた声が機械仕掛けのように反響する。「もどって来たとき、分岐点で彼らは積み替えられる」とカヅチはいった。「林檎を持っている者と持たない者とに。持たない者は顔を黒く塗られ焼却炉へ運ばれる。手から落ちる林檎の数はすでに鉄道管理人の手帳に記されている」。

II

Ⅱ—1

わたしたちは泡をふいた沼地に踏み込んだ。二人は足を取られないように注意しながら浅瀬を進んだ。異臭が鼻を突く。赤茶けた草の上に釣り人がしゃがみ込んでいる。わたしは釣り上げられるものの姿を想像できなかった。この泡をふいた沼底から何を釣り上げようというのか。「こんなところで何を釣っているのか」と聞く勇気もなく傍の桶の中をのぞくと魚が数匹泳いでいる。わたしにはそのまともな姿が意外だった。うっすらと透き通った鰭を細かく動かしている。「これは何という名の魚か」と聞くと釣り人は面倒くさそうに答えた。「この魚に名前はない」と。「釣ってどうするのか」。釣り人はじっと水面を見つめてこれには答えず「この沼地は数え切れない死が沈んでいる。無理やりにねじ込まれた死だ。屍はみんな固く捩れている」といった。確かに幅一メートルほどの川が鉱物質の輝きを放ちながら流れ込んでいる。「獣は岸辺から突き落とされ鳥は空から閉め出された。天地の軸が折れたのだ」。こういいながらも釣り人は糸から目をはなさない。ひょいと釣り上げられた魚はそのまま桶の中に落とされる。糸の先が丸められ魚はこれを銜えるらしい。水は青黒く澱んでいる。それにしてもこの小さな魚はよくも生きているものだ。幾層もの中断された命の重なりがいつの間にかその隙間に小さな魚を育てたのにちがいない。誰も通ってこないこの沼のほとりで糸を垂らすのはいったい誰か。釣り人は腰を上げると桶の魚を沼に放ち立ち去った。その背中は折れんばかりに曲がっていたがうっすらとした鰭をそよがせているようにも見えた。カヅチは「あれは霊だ」といった。

沼の水は苔の生えた縁を超えて流れ出ている。この水は何処に流れていくのか。二人は流れに沿って足場の悪い草地を踏んで進んだ。黴臭い湿った空気が動いている。

小高い岩に登るとほの暗い湖が間近に見えた。湖面の一部が妙に明るく脚を突き出し尻を逆さにした無数の屍が犇めいている。牛の頭が星を見つめている。時折波紋ができて屍がわずかに動く。頭が沈み黒い腹が浮き出てくる。水面から木々の枯れ枝が点々と伸び上がっていることからすればおそらくここには村が沈んでいる。

薄暗い空に光がまたたいている。点在する明かりが夕闇にゆっくり回転する。傾いた観覧車が星雲のように水面全体をほの明るませ箱のなかには老若男女が腰掛けている。蒼白い頬を窓に押しつけ茫漠とした水の上を廻っている。その背後の空でぱちぱち火花が飛んでいる。ちょうど鉄塔を横にしたような大きな船が電球を身体に巻き付けてゆっくり進む。それが北の空からいくつも押し寄せ南の空がそれを同じように押し返している。横倒しになった鉄塔のような船からぱちぱち火花が飛んでいる。宇宙戦争。観覧車がぐるぐる回っている。時間の糸を手繰っている。ときおり湖面に火花が映る。窓のなかの顔はまるで未来なんか問題じゃないといったふうで突き出た電信柱を見つめている。牛がゆっくり流れていく。風が吹いている。観覧車が大きく傾く。やがて水平に回り始める。箱のドアが開き頭が出ている。どれもこれも無表情の蒼白い頬で口先が少し尖っている。観覧車の窓からぴょんぴょんと外に飛び出す。まるで魚のように。村の石組みにでも産卵場所を探すのだろうか。明かりが消えた観覧車の上ではまだぱちぱちしながら半分壊れた鉄塔がいくつも浮かんでいる。観覧車はもう闇と見分けがつかない。

Ⅱ—2

御輿に担がれ
軍服に身を飾って
陽に焼けた金箔の屏風から追い立てられる
虎さながらに
この村に放たれたのは
村祭りの夜だ
灯明は消され
異界のものが踏み潰され
御輿の一群は
嵐のように吹き過ぎた

「富国」「殖産」の号砲とともに

根こそぎ畑から引き抜かれた葱のように
西風に飛ばされ
男たちが山の麓に放りこまれた
山は濛々と煙を立てた
山のはらわたが谷に捨てられ
腐っていった
雨がしとどにはらわたを叩いた

一筋の黒い流れに
両岸の昼と夜の仕切が倒れていった

祭りには村に御輿が出た
張りぼての軍服姿を
目のつり上がった男達が無言で担いだ
海の向こうまで一足飛びの

赤い絨毯が階段に敷かれていた
男たちは泥足で踏みながら
道を逸れ
橋の上で乱れ踊った
橋桁が切られ
男たちは御輿とともに流れに呑まれていった

山肌は滝となって水を落とした
竹林を吹く風
穂を揺らす雨は沈黙し続けた

碑文はおおよそこう読めた。傍に大きな穴があいている。朽ちた柱のようなものからすればこれは井戸に違いない。崩れた石積みが円形に入口を取り巻いている。腹這いにならなければ到底見えそうもない。カヅチが縄の先に石を結びつけ投げてみろというようにわたしに差し出した。わたしは受け取り井戸の中に投げ込んだ。縄がするするとほどけやがて固くくぐもった音が聞こえた。とたんにぐっと引き込まれる手応えとともに縄がピンと張られてわたしは引きずられそうになった。この井戸の中でわたしが投げた縄をつかむものがいる。登ってくるものの足の踏ん張りが一定の間隔で伝わってくる。そのたびに縄が石に擦れて軋む。両手で縄を握りしめ足を踏ん張った。わたしは縄を手放す気にはならなかった。奇妙な動物であってもあるいは不気味な亡霊であったとしても水の記憶を持っているのにちがいなかったから。この井戸の中で干涸らびたからだをわずかな苔の湿りで持ちこたえるのは並大抵なことではない。

目を魚のようにぎょろつかせ性器は縮んでいる。二本の足は鳥の水掻きに似ている。突き出た胸には小さな鰭の跡が残っている。短い尾を震わせて激しく嘔吐し始めた。青黒い粘液がぼたぼた足下に落ちる。未消化な微生物らしきものが混じっている。胃壁からしみ出た腐った水だ。記憶の神経が爛れ腐臭を放って水の記憶そのものを犯している。わたしは異形の生物の醜態を見ながら目をそらす気にはならなかった。わたしのなかにも黒い水たまりが出来ていたからである。

カヅチは捨て置かれた縄を井戸口に寄せ蹴飛ばしながらいった。「黒い水を全部吐き出したときに息絶えるだろう」。カヅチのいうとおりわたしにとっても黒い水がもはやわたしの体の一部でありこれをむしろ欲しているのかもしれなかった。体外に押し出そうとすれば苦痛を伴うことは想像できる。「嘔吐はせめてもの生理的倫理なのだ。水の記憶がある限りこの嘔吐は最後まで続く。水の記憶を消せさえすれば人間は何処へでも行ける。しかし嘔吐は水の記憶による生理的倫理なのだ」。奇怪な体はだんだん縮んでいくようだ。嘔吐が弱まり目はうすくくもっている。うずくまり異形のままで干涸らびていく。わたしはせめて井戸の底に戻してやろうと思った。枯葉のように舞うだろう。

Ⅱ—3

二人は砂地に出た。わたしの側を歩く者がいる。枯れ枝を杖にして女が頭から布を被り砂混じりの風を防いでいる。腰布を纏った子どもたちは顔を伏せやはり枯れ枝を砂に突き立て風に向かって歩いている。人間と杖が風上へ傾く。天と地の間を人間が影のように吹きちぎられている。歩くことは拝命であり希望であった。砂の向こうには乳色の川があった。しかしこのひとかたまりの家族にはただ歩くことだけが強いられている。何処から何処へという問が砂まみれに吹き飛ばされる。

遠くに煙と火が見える。ちらちら地を這うように流れている。ときおり風にのってくるのは酸味のある蒸されたようなそれは黒い水の臭いだ。黒い河が蜘手に広がり森を焼いていくのだ。

二人は黒い水が溜まっている場所に出た。中には深い火口がある。

カヅチは火口に突き出た岩鼻にわたしを導いた。岩肌が熾火のように熱い。岩鼻の縁にこれ以上進むことはできない。炎立つ火口に吊るされているものがある。括られた手足は針金のようで肋が見えるほどに胸板は薄い。炎はときおり尻から首の辺りを這いのぼる。毛皮の焦げる臭いがする。顔は炭のように潰れている。しかし潰れて撚れた瞼の奥に瞳が一つはっきり見える。赤い火を映してわたしを見つめおまえは何をしに来たのかと問う。わたしは何することもなくここに現れここを去るだろう。人がそうしていたようにそうするだけだ。瞳はかすかに笑ったようだ。おまえは何をして来たのかと。雲が背後で激しく行き交いわたしの時間が空転する。空転する時間の隙間に見え隠れするのは火だ。わたしがまだ明るい部屋のなかを彷徨っていたとき重なり合う闇の奥から細い手がわたしに差し出した火だ。今にも消えそうな確かにあのときわたしが摑んだ火だ。瞳がわたしを誘う。ここへ来いこの炎のなかに来いと。炎に焼かれているのは何ものか。枯れ枝を握って砂の果てまで歩く者か。あるいは角を振りかざして森からこぼれ落ちる獣。ここへ来い。声は岩山の洞窟に響く鐘の音のようにわたしを包んだ。わたしは一瞬炎に包まれたのかもしれない。肺腑の底から吐き出される夜の大気のような声がわたしを満たし溢れた。わたしがこれまで見てきたものが見えざるものに形を変えてわたしに溢れた。それを察したかのようにカヅチは「見ることは離れることであり見られている者を密かに裏切ることだ。目は世界から逸脱する。見てきたものがそれ自身を失わず溢れ出るときそれは声であり耳なのだ。目は誘惑するが耳は満ちる」といった。しかしわたしから溢れ出るものの何であるかわたしはただ畏れた。二人は火口を離れ再び砂地に戻った。

わたしの側から離れていく者の気配がする。薄い布で体を包んだ枯れ木のようなひとかたまりの人影が砂塵のなかを遠離る。ひとつであり続けようとするこのかたまりが打ち砕かれることはないか。打ち砕かれて塵のように風に舞うことはないか。「お前が考えることではない。たとえ塵となってもそのことはお前の領分ではない。お前は彼らに追いつけない」とカヅチはいった。そのとき先頭を行く子どもが振り返った。如何なるものも拒絶し如何なるものへの軽蔑も賛美も捨てた広い額の下で今にも風に吹きちぎられんばかりに顔が激しく歪む。表情と呼べるのはまだ心と顔が一本の糸で結ばれているときだ。少年の顔はそうではない。ただひたすら歪められ目と鼻と口とがそれぞれの方向へばらばらに風の中に紛れ込もうとしている。引き裂かれた顔の下に現れ出る真鍮のような飢餓。わたしのなかを火が通過する。焦げた穴に声が響く。「何をしに来たのか」と。つまずき蹴飛ばしたものがある。瓶だ。ラベルには1894.8とある。わたしは猛烈な渇きに襲われた。食道から舌の付け根まで張りつくような痛みを覚えた。頭上では太陽が硫黄のように溶けている。目眩のなかで栓を抜こうとしたときカヅチがわたしの手を押さえて「これは黒い」といった。確かに粘り気のある液体だが渇きは鼓動とともに襲ってくる。瓶が渇きを呼ぶのだろうか。分かってはいても目は瓶を欲している。カヅチはわたしの手から瓶をもぎ取って放り投げた。「ここには水はない。この地を流れるのは地層深く溜まった水の滓だ」と。足元の砂が黒く滲んでいる。焦げた風が鼻を突く。根腐れた森が傾いている。砂混じりの風がわたしの喉を刺す。

Ⅱ―4

水の臭いがする。陽にぬるんだ水の臭いだ。舟がある。船頭らしき男が立っている。どこへ行く舟かとカヅチが聞いた。男は向こう岸を指さした。わたしはカヅチに向こう岸へ渡るのかと聞きたかったがカヅチはさっさと舟に乗り込んだ。二人が坐ると船頭が棹を砂に突き立てる。舟はゆっくりと岸を離れ舳先を回転させる。流れは思ったより速くない。向こう岸は薄墨色に煙っていて遥か彼方だ。櫓が軋む。ここが石畳が敷き詰められた水の都であったなら朗々と美声を響かせたいところだ。ぬるんだ水とぼんやりした日の光が舟を単調に揺らしている。足下の拡声器からひび割れた音が聞こえる。

はるのうららのしみだがわ
のぼりくだりのふなうなぎ

げにいっこくもせんきんの
ゆきつきはなはいまいずこ
ドンチャ　ドンチャ　ドンチャ　ドンチャ
はるのうららのひるさがり
のぼりくだりのいそぎあし
げにいっこくもせんきんの
かわのやなぎもめにいらず
ドンチャ　ドンチャ　ドンチャ　ドンチャ
はるのうららののうてんき
のぼりくだりのかぶそうば
げにいっこくもせんきんの
いまをのがしてなるものか
ドンチャ　ドンチャ　ドンチャ　ドンチャ　チャ

船頭はもう長いのかとわたしはひび割れた音に負けじと聞いた。船頭はじいさんの時にもうすでにやっていたという。

フーリリ　フーフリリ　フーフリリリー
おとこはかわらのかれしすき
おんなはかわらのばけしすき
どうせこのよはばかさわぎ
かぜにふかれてくらそうよ
フフリリ　フフリリリ　オラロレラリー

舟はずいぶん岸から離れた。松の木が小さくなった。陽はすでに落ちた。舟の底で音がする。不規則にしかし確かに何かがぶつかる音だ。流木でも当たっているのかわたしは舟縁から身を乗り出して見た。川底はそれなりの深さがあるらしい。カヅチは遠くを眺めたまま気に留めていないらしい。水面がところどころ暗くなり影が漂う。魚ではない。雲でもない。水面が盛り上がり影が重なり合う。顔が水の上に出た。おそらく人だ。顔が沈むと同時に白い腹を見せた。その周りに群がる蛍。いや光虫のようなものが見え隠れする胴体にまとわりつく。川があちらこちらでほの白く盛り上がる。薄墨色をした対岸が火照っている。空には枝垂れ花火。聞こえてくるのは歓声だろうか。繰り返されるどよめきが地鳴りのように頭上の闇を揺する。岬の突端で叫んでいるのだ。追いつめられ逃げ場を失っているのだ。崖の下ではしぶきがあがり岬を呑み込むように水が膨らむ。白い影が上になり下になり悶えるように産卵し精子を撒き散らす。水が無数の光虫で濁る。岬に枝垂れ花火。

カヅチがいう。「我々はいつもこのように向き合っている。まだ遠いあるいはもう遠くなったと。考えない者にとっては絶望的な火もまた美しい」。船頭は手拭いを被っていて顔が見えない。手拭いの中からがらがら声が聞こえてきた。

ときがながれる

さんずのせんどうでくらすのさ
ほれや　あしたも
あかしをみせろというならば
いつもうずまきおなじこと
うそじゃわい

背中が鬣のように燃えている。橋の上から足が飛び下りる。炎を握った手が舞い落ちる。頭が隕石のように落下する。沸騰する水際。煙霧のなかに赤いマントのようなものが翻る。地上の炎が翼に映っているのだ。鉤になり竿になり編隊が幾重にも重なるように飛来する。マントの陰からだらしなく落ちる黒い粒々。山羊の糞のような粒々の落下。ときおり空を捩り上げるような金属音が耳元を切る。そのなかに紛れて歌が聞こえる。大風のように右や左に揺れて確かに岬の奥から聞こえてくる。

ヤブレテニグルハクニノハジ
ススミテシヌルハミノホマレ
カワラトナリテノコルヨリ
タマトナリツツクダケヨヤ

亡国の歌をうたっているのだ。それにしてはなんとお気楽な歌ではないか。幾万の脱糞に野焼きのように焼かれながら「タマトナリツツクダケヨヤ」とは。どこかに砦でもあるのだろうか。あの煙霧の奥に遊仙窟がありそこの酒席での大合唱なのではなかろうか。それとも雲の上に突き出た塔の窓辺で下界の火祭りを眺めて歌っているのだろうか。「イシニヤノタツタメシアリ」。わたしはこの言葉を口の中で繰り返した。繰り返しているうちに砂のような寂寥が込み上げてきた。これは遊仙窟などではない。地上から聞こえるものだ。雲の上からでは断じてない。あの焼き払われている炎のなかの歌だ。信仰の歌だ。呪文のような歌に包まれて国が滅ぼうとしている。「矢で石を砕くためには百年かかる。ヤブレテニグルハクニノハジとは民族への侮蔑だ。たとえ国は滅んでも民族が生き延びる知恵を学ぶことだ。鰯の頭とともに亡んではいけない」とカヅチがいう。素朴な呪文とともに焼かれていく者たち。水が沸騰している。波立ち岸を洗っている。肉がそげ落ちた骨と骨とが受精しようと激しくぶつかり合う。空から降ってくる山羊の糞の下で唱えるべき呪文は何か。わたしはこの騒ぎは何なのだと聞いた。カヅチはひと言こういった。「発狂したのだ」と。舟は舳先を回して岸から遠のいた。舟着き場を探しているらしい。

みずはみずでもむこうみず
みずにうかんだふじやまの
やまとだましいいいかげん
やましさぎしももっている

みずはみずでもむこうみず
みずにはえたるあさひこの
やまとだましいいいかげん
みずっぽなしかたれてこん

舟は細い水路へと入った。船頭がひょいと岸に飛び移った。空が火照っている。二人が降りると船頭はまたひょいと舟に飛び乗った。手拭いを取り軽く腰を屈めたその顔は卵のようなのっぺらぼうでうっすら空の火照りが映っている。

Ⅱ—5

地面が焼けている。焼けた地面の上に四枚の壁が立っている。寄りかかり合っている壁の隙間から瓦礫を踏んで中に入った。ここに居た者はどこに行ったか。椅子であろうか並べられた痕跡を残して燻っている。わたしはカヅチに聞いた。ここは何かと。カヅチは黙って周囲を見まわし抜け落ちた天井を見上げ聖堂だといった。わたしはこの屋根を突き抜けたものは何かと聞いた。薄い雲が一つ穴を横切っていく。焼け残った天井に鳥のようなものが踞っている。頭を逆さまにときおりばさばさと羽根を広げては煤を撒き散らしている。お前は何者かとカヅチが聞いた。逆さ頭は目玉を二三度回してからいった。天使だと。わたしは吹き出しそうになったが逆さ頭は天使だと錆びたラッパのような声でまたいった。カヅチは何があったのかと聞いた。逆さ頭の天使はばさばさと羽根を振ってからこういった。「この聖堂の天井が混乱したのだ。天井には右に男左に女真ん中に神があった。わたしは笛を吹くのが日々の日課だった。けしからぬ話を聞かせないように男と女の耳元で飛び回るのだ。毎日吹く曲を変えた。空の色も変えた。雲も風もいち日として同じであったことはない。男は柴刈りに女は洗濯に出かけた。彼らは時間というものを知らず桃の花の香りに咽せて過ごした。神は空も雲も風もみなご自分のものとし毎晩聖堂の外にお捨てになったので誰もが昨日と今日を比べることはなかった。ただわたしは毎晩神がいち日分の時間を袋に詰めて窓からお捨てになるのを知っていた」。天使は梁を蹴って焼け跡の空を小さく輪を描いて飛んだ。「以前はどこにでも止まることができたのだが今はこうしてぶら下がることしかできない」。天使はもとの場所に戻って話し続けた。「神が天井の窓をお開けになったときそこに旅人が立っていた。ここはどこかと聞くので神はここはわたしだと答えられた。旅人もここはわたしだといった。旅人によればここは自分の家であり自分の帰る場所だという。いつからそうなのかと神がお聞きになると女のへこみと男の出っ張りから陸地ができたときからだという。時間を超えているのはわたしひとりだと神がおっしゃると旅人はわたしの血は時間を超えているといった。それからだ言い争いが始まったのは。このことが残骸となって散らばっていたのを掻き集めて置いてある見るか」というのでカヅチとわたしは見ることができるのかと聞いた。天使が壁際に無造作に置かれてある袋の結び目を足の爪で解いた。がらがらと崩れるように瓦礫がすべり出た。天使は「これをつなぎ合わせても無駄だ大部分がなくなっていて断片しかないしたがってわたしも断片しか話せないもともとわたしは今しか知らないのだから」。天使はこういって破片を一枚ずつひっくり返しながら錆びたラッパのような声で語り始めた。

「わたしは愛だと神はおっしゃった。旅人は情だといった。神はわたしのことは書物に書いてあるがそちらはどうかとお尋ねになった。旅人はそんな契約書のようなものはない。その代わり確かな系図があると。系図とは此の世の時間を写した俗悪なものだ。いやわたしの系図は違う時間は巻き戻る常に新しい時間だ。それは救いへ至る時間ではない。救いなどというものはない常に情に充たされて今がある。情は悪もふくむ。わたしの情は清明である。いやわたしは絶対である」。こんなことだろうと逆さ頭がいう。ここはどうかなと瓦礫を手に取って錆びたラッパが語るには男は芝を刈るかのように女は洗濯をするかのように家を出る。男は芝を刈るように女を狩る。女は洗濯をするように子を流す。神はご自分の庭に植えられた木の果を夢見ておられる。旅人はへこみに出っ張りを入れた昔を夢みている。そしてこれがひとかたまりかなと天使が瓦礫の塊を裏返す。桃の花が枯れている。実が腐って落ちている。腐った実を食べた子どもが腹を下して吐いている。痩せこけた男と女が筵の中で抱き合っている。カラスの群と野犬の群。雪の原。娼婦の群。脱いだ軍靴。こっちはとまた瓦礫をひっくり返す。地蔵がひっくり返っている。稲荷の顔が欠けている。御輿が朽ちている。竹槍を担いで並んでだ村人。火を噴いて肥桶に止まっている蠅。それからこれだと天使はきつく縛られた袋を逆さにして瓦礫を出して並べた。神が旅人を迎え入れている。神は上座に着いている。別の破片では神が旅人にお茶を運んでいる。旅人の連れであろうか茶碗を投げ捨てている。神であるかのような者が旅人の連れを指差して説教している。旅人は連れに神を椅子に縛るよう命令する。神は縛られても自由だなぜなら愛は自由だからだという。旅人はそれなら椅子に縛られたままにいろという。旅人は神を部屋に閉じこめる。神はわたしを縛ることはできないという。神の言葉が偏屈に聞こえたのか旅人の連れが火を掛けている。神は椅子の上ですべてはお見通しだと目をつぶっている。旅人はわたしが神だと窓から怒鳴っている。「そのうちにだ神のお連れがやってきたのは」と逆さ頭の天使がいう。「どこから来たかってわたしも初めて知ったのだ。神にお連れがあるとは。十二人どころではない遥か海を渡ってきてこの天井を踏み抜いたのだ」。天使はひとしきり話し終わると力無く梁に舞い戻った。それから羽根を畳み頭を胸に埋めた。カヅチは「お前の神はどこへ行ったのか」と聞いた。逆さ頭の天使は上目遣いに天井の穴を見てそれきり顔を上げなかった。逆さ頭は時間というものが苦手でひどく疲れるらしい。旅人はどうしたか。残りの瓦礫を見たかぎりでは旅人はここを逃れ神のお連れ達と盛大な宴を張って仲直りしたと読める。

二人は外に出た。もう夜が迫っている。ぽとりぽとりとはずれた管からでも水が垂れているのか。わたしの顔をかすめて音のする方へ飛ぶものがある。おそらくあの焦げた臭いは逆さ頭だ。その後を追うように逆さ頭のおそらく新しい連れがさわさわ翼を振って渇いた喉を湿しに来る。焦げた喉に一滴の水を滴らそうと逆さ頭や地蔵や狐が闇に紛れて飛んでくるのだ。遠く海を渡ってやって来るものもある。鳥の渡りのように啼きながら傷ついた馬や牛が翼を振って水音の場所に来るのだ。目を見開いた豚。とさかを削がれた鶏。皆黒い布に身を包み羽根を振って水音の場所へ行くのだ。二人は四枚の高い壁を振り返った。逆さ頭の天使が住む聖なる場所が闇に没していく。

II—6

断崖に出た。海だ。断崖は海を囲むように湾曲し水平線の向こうへ岬を突き出している。断崖の懐へなだれ込む青い水。あるいは岩肌の懐からの青い流出。足下では波が岩にぶつかり渦を巻いている。しかしこの渦も青い平らな光の中に吸われていく。物質の跳躍と死滅。海。海は虚無の皮膜に包まれている。遠くを船が行く。船には誰も乗っていない。遠くを行く船は何時もそうだ。太陽の臭いにかすかなペンキの臭いが混じる巨大な鉄の箱が皮膜を滑るようにいつの間にか水平線を越える。「海を見ていてはいけない帰る場所をなくすだろう」とカヅチがいう。二人は崖を降りた。海が細く入り込む洞窟がある。わたしはカヅチの後について行った。岩肌が潮風に濡れている。中は深く広い。ずいぶん歩いた。巨大な石碑のようなものが立っている。近づくと真っ逆さまに突き立てられた船だ。船尾を上にして記念碑のように突き刺さっている。天井から落とされたのか折れた竜骨が見える。潮風が音立ててくぐり抜けるさきに何基もの突き立てられた船だ。手漕ぎのボートから大きい船まで中にはほとんど朽ちてしまっているものもある。男が湿った石の上に腰を下ろしている。背中がひび割れ苔のようなものが生えている。男が潮にやられた声でいう。ここは見ての通り船の墓場だこの洞窟に流れ着いた船をああやって立ててあるのだと。なぜ立てるのかとわたしが聞くとそれには答えず立ち上がり入り口の方へ歩いていく。船が流れ着いたらしい。洞窟の壁の小さな穴から男たちが走り出てくる。背中には小さな貝殻がこびりついている。ふっと磯臭さが満ちる。船にロープを掛けて引っ張り始めた。船は底を擦りながら徐々に奥へと引き込まれる。墓場の正面に来るとロープは男たちによって船体に巻きつけられる。壁の中に埋め込まれていた巨大なクレーンの腕が伸び船を船尾から釣り上げる。水が船首から流れ落ちる。やがて空き地の上で止まるとクレーンの留め金がガチャリとはずれ船が轟音とともに地面に叩きつけられる。マストが折れガラスが砕け飛ぶ。一体何事なのだとわたしは男にいった。男は静かに「見ていれば分かる」といった。鉤がもう一度釣り上げる。そして叩きつける。船底が割れて胴体が歪む。その裂け目から寒天質の塊のようなものがぼとりと砂の上に落ちた。「ふなだまだ」と男がいう。それは肌から錆のようなものを滲ませ蠢いている。「これまで誰も見たことはなかった。今はこうやって船から追い出すのだ。ふなだまは間もなく死ぬ」。男たちは木のヘラのようなもので砂を掘り始めた。大分の深さになったところで男たちがヘラで掬い寒天質の「ふなだま」を投げ入れた。そして真上から船を激しく落として突き立てた。男は「これでいい」といった。男たちが砂を埋めもどし船は逆さまに突っ立ったままだ。カヅチがいう。「人間は海から鉱物を取って生き延びるだろう。しかしそれは少しの間だ」。

わたしはカヅチの後をついて洞窟のさらに奥へと進んだ。出口らしい場所から強烈な光が射し込んでくる。皿のような広大な平地が広がった。地はひび割れて青黒く縞模様を描いている。カヅチは土をつまんで手の平に落とした。舌先で舐めてからわたしに差し出した。塩だ。おそらく海へ続く湖だったにちがいない。日の光の中に影を作るものがある。家のような岩のようなわたしは目をできるだけ細めた。輪郭は間違いなく船だ。土の上に馬のように傾いた体軀を曝している。それも一つや二つではない。あちらこちらに点々と強い日射しを受けて焼け焦げている。「二つの大河が流れ込んでいた。この河から水を取るために水路を何本も伸ばし砂漠で黄金色の果実を育てた。やがて水はすべて砂に吸い込まれ木は枯れた。いち度割れた湖は元には戻らない」。陽炎の中を船団が行く。砂埃を巻き上げて魚を追いかけている。陽炎が青いうねりに変わる。船団がうねりに呑み込まれ見え隠れする。錆びつき朽ちた船尾から網が投げられる。垂れ下がる長大なロープ。砂埃が一段とひどくなる。あちらこちらで網が乱れ絡み始める。船体が重く地面を擦り傾き四方に散らばっていた船が歪んだ円を描きながら互いに引き寄せられる。青いうねりに押し流され一カ所に打ち上げられる。船団は倒れ込み重なり合い動きを止めた。砂塵のなかをキラキラ舞っているもの。魚の鱗ようなもの。うねりがおさまり太陽が照りつける。乾いた白い光が満ちる。「まるで狂った馬車馬だ。ふなだまが干涸らびた船は砂地を駆けずり回る」。二人は洞窟を後にした。

Ⅱ—7

カヅチとわたしは隧道を歩いた。それは当て処もなく掘り進めたようにに曲がりくねっていたがただ登り続けていることだけは二人には分かっていた。息が切れ始めたとき目の前が開けわたしはまぶしさに顔を逸らした。隧道が切断され眼前には滝のようなもの。いや天空の断層からあふれ落ちるもの。空の裂け目から漆黒のタールが音もなく落ちる。漆黒の舌が伸び滝壺からさらに下へ落ちる。粘液質のタールの落下は飛沫も上げず永久にとどまる黒い舌だ。ときおり陽が陰り揺らめかなければ静かなこの落下をそれと知ることはないだろう。それにしても尽きることなくあふれる漆黒の液体は何か。カヅチがいう。「空は薄い膜だ。羊水を包む膜のように薄い光だ。これが切れた」。何故切れたのかと問うとカヅチは手を翳し見上げながらいった。「宇宙の原質を見ようとした者がいたからだ。知るという行為はあらゆる生成の秘密を露出させずにはおかない。知ることは見えないものの存在を許さずすべてを明るみに引き出し裁きにかける。無慈悲な光は闇さえも見ようとする。流れ落ちるタールはいわば見えないもの見てはならない宇宙の原質なのだ。人間が人間を超え出ることはできない。宇宙を外側から見ることはできない。人間は外に出ようとして羊水に針を当てた。タールは眼に注がれる」。タールの澱みに蠢き身じろぐもの。揉み合うように浮き沈みする。頭でもない鰭でもない骨でもない溶けた手のような藻のような形にならない塊が沸き立ち浮いては沈む。あらゆる存在が形を成そうと離れては付き付いては離れ浮いては沈む。澱みからさらに垂れ下がる黒い舌。下方にもう一つの澱みがある。澱みの縁が黒々と盛り上がっている。押し寄せ並んだ無数の頭部。背に登っては崩れる翼の張りついた胴体。細長い首と嘴を突き出し澱みから這い上がろうと犇めいている。そしてタールに溶けるように縁を離れ落ちる。澱みは広い。あちこちに突き出た折れた黒い杭のようなもの。ただ一つだけ澱みの縁に枝を広げ葉のようなものを茂らせている。その下に身を屈めて寄り添っているもの。全身タールに濡れてそこここに群をつくり踞っている。目を見開きまばたきする潰れた目。手のひらを擦り合わせぎこちなく立ち上がっては座り込む。群れを離れて立つものがいる。一歩二歩と覚束ない足取りで。枝からもぎ取ったのか手には丸い実のようなものを持ち両手で何度も擦っている。タールを拭き取ろうと手渡された実を濡れた胸に当てて擦っている。ときおり手のひらを澱みで洗いながら。澱みは澱みのままそこからあふれ出ることなくタールの落下を受け続けている。「この澱みはどこへ行くのか」とわたしがいう。「どこへも行かない。時間は途切れている。時間は萎縮して出発しない」とカヅチがいう。このときわたしはわたしの全身を包み込む音を聞いた。それは風が軋み合うような銀河が擦れ合うようなくしゃくしゃと丸め込まれるひと固まりの闇。わたしはこの黒い固まりを割って果実のような飛沫を散らすことを欲した。「はじめにことばがあった」というように。カヅチは「時は畳まれた」といった。このときわたしのなかに猛然と頭をもたげるものがあった。地べたから無理矢理自らを引き剝がすように起き上がる黒々としたもの。それは拒否しようもないカヅチへの憎悪といってよかった。わたしは戸惑った。わたしはわたしの臓腑の重さを感じながらカヅチとともに引き返し鬱蒼とした森へ入った。わたしはカヅチとの別れが近いことを感じていた。しかしわたしはこの憎悪のなかに不思議な明るさを感じてもいた。カヅチを憎悪できる喜びとでもいうような。あるいはカヅチに対して隠し事を持てた喜びとでもいうような。

III

Ⅲ—1

なぜ
そうしなければならなったか

自己
この際限のない
戯れ
わたしが立つと
風はなぎ
罪悪も流血も
一杯のレモネードの香りを立てる
木の上の男はすべてを吐きだした

世界を反吐のように
群がる群衆に向かって吐きかけた
（なぜわたしを捨てるのか）
肺はしぼみ閉じられた
開いた口には夕闇がとどまった

戯れの習慣を焼き尽くす
吐きだされた反吐がそのままに
私の空であるような
荒涼とした
自由よ

（風だ
冬空に浮かぶ片雲を
流氷のように海へと押しやる風だ）

飛べる
空には隙間がある
風が通う通路がある
わたしは飛ぶことができる
（創世の夜明けの空は美しい）
美の力によって
翼をはばたかせることができる
想像力とは
快楽への
勇気だ
飛べ
と
（翼を灼き落とす太陽はなかった）
快楽の空は深い

空には
篝火
朽ちた棺桶の蓋が開き
取り出される宇宙の見取り図
白鳥が翼を広げ
水瓶が倒れ
跳ねる魚は流星
地図一片が
塩ひと握り
小舟を操る略奪者たちの
賑わいが絶えない
（櫂に止まった蠅は痩せている）

空には

祭り火
鬼も蛇も河童も
火の底で
盛んに燃えている
五穀豊穣
宇宙の真ん中で
祭りは
しんとしている

（帰還を拒絶し
枯れ葉のように
縮れ飛ぶ）

錬金術師を呼び入れよ
想像を快楽の

器に注いだらこれを捨てよ
三度繰り返せ
快楽は空虚でなければならない
快楽のために吐け
（止まった蠅よ　飢えに耐えよ）

明け切らない闇の中で
地の底への口が開いた
行き場はそこしかなかった
しかし快楽は深い
地の底をわたしが照らし
すでにそこが心地よい明るみならば
下りていく意味はない

（ひりひり　荒野を歩け）

（ここを　逃亡せよ）

脇腹に不意の穴が開き
反吐のような荒野が攻め込んでくる
この薄い袋の
外の
異様な光景に耐えなければならない

ちぎれ飛ぶ
快楽の影
わたしという
剝落
（なぜそこへ行かなければならなかったか）
（カヅチよ　わたしはおまえを欲っす）

Ⅲ—2

スフィンクスの
剛健な空腹が
戦車の隊列と砂塵とを
エメラルドの潮とともに飲み下す
おお　幻

幾万の敵は去り
空腹は涸らびている
（看板が立ち並び
　こぼれた砂糖に群がる軍隊蟻）

空では無数の火山が爆発する

天井からの青白い落下に
身構える
空腹よ
地平をまっすぐに超える目は
振り上げた剣のように下ろされることはない

何を守ろうとして
荒野のなかに
身構えるか

遠い火山が珪石を降らせるたびに
欠け落ちる
凋らびた獅子
地平からはみ出た人類の顔

頭を擡げて
何をのぞき見ようとしているか
球形の草むらから

そして　また
日輪よりも鮮やかな
真昼の丘陵
仮面よ
（隈取られた瞳の前で
　金色の反射のなかに滅ぶことを）

（顔を覗いてはいけない）
（蓋を開けてはいけない）

地平線から昇る日が

ゆがんだ方角へ沈む

夜の断崖に
人類が吊され
（植物繊維にくるまれた頭蓋は軽く）
夜空のほの青い炎が肉体を燻したとき
津波のように意志がせり上がったのだ
炎と競う見開いた目の
美への
張力

眉毛を　唇を
叩き出し
頬を黄金で象った
狂気

（幾万の燃える土偶
　溶鉱炉が　赤い）
王とは顔を創る者の意味だ
火を噛み砕く顎と
前に立つ者を無とする額に
おのれの狂気を注ぎ込む者のことだ

ピラミッド　地表から突き出た狂気
鋭利な炎を撚り合わせたような
怯えの
潮位
それは喫水線を遥かに超えている
日の頂点を
見つめてはいけない
（永遠と恐怖とが重なるとき）

見つめてはいけない
（青い灰が吹きつける）

エメラルドの潮を飲み干した
剛健な空腹
涸らびた顔よ
（解けない問は　問ではない
　むしろ　問にならない問を怖れよ）
おお　幻
瞳は
見開いたままに乾いている

空はまだ青い炎に濡れている
わたしは露出する小石のように

日に晒され
底抜けの記憶の底へ
幾層もの幻を
沈む

Ⅲ—3

わたしの外の
鳥よ
嘴は鋭く胃の腑を傷つける
夜わたしを地中のミミズのように
引きずり出す
意志よ
（起き上がり小法師の
　自働運動の
　嘴）
嘴が
わたしを夜の空に打ちつける
風も吹かず気配もない

肯定し　否定する
無関心がわたしを吊す
（ちぎれ残った嘴
　臓腑はすでに宇宙の果てへ
　放られている）
羽毛の下に
詰め込まれた藁束
せめて火をかけよ
燃えてこそ意志の藁なのだから
（藁束に霜が降りる）

（カヅチよ）
ここからはよく見える
林立するイルミネーション
折り重なった骨

しかし
見ることは外に出ることではないか
見えるものの凄まじさに引き裂かれる
神経の痙攣と引き換えに
見ることは冷ややかに
閉じられる

肉体は残る
見ることとの後方に置き去りにされ
苦しむだろう
（カヅチよ）
見ることから常に逃れてあるもの
わたしは
肉体への永遠の後退なのだ

何故わたしは見ようとするのか
支配し
死を超え出ようとするからだ
（嘴が
　振り子のようだ）
だが　わたしは永遠の後退としての
わたしなのだ
肉体への後退としての
時なのだ

外側に
約束された時は
嘴によって伸ばされた針金であり
わたしを引きずり出し
吊すために拾ってきたものだ

（時は想起であり
　滾りではないか）

愛欲のなかで
栓は開かれた
わたしは
絶対の泉ではなかろうか
水は膨大な時を湛えてわたしの中心から
沸き立っている
送り込まれ
放射され　循環する
わたし自身が
時なのだ

（カヅチよ）

（見てきたものは
何だったのか）
（カヅチはいう）
「時の軌跡であり
そのようにしか我々は世界を認識しえない」と
「認識とは紙細工のようなもの
火の前のいっときの固着にすぎない
生に対する痴戯であり
錯誤であり　酩酊である」と

嘴は自働運動を止めない
夜空から
きいきいと軋む音
頭と胴体はどこかへ行ってしまった

愛欲の滾りのなかで
わたしは膨大な放射であり
集中であり
わたしという意識から後退し続ける
時
そのものなのだ
（火山が明滅する）
（薄青い灰が降りしきる）
（雪が降りしきる）
かすかな
洪水

Ⅲ—4

嘆きへと
沈めては
引き上げて干しあげる
幾度となく繰り返される
空の
釣瓶

（こうして意志を奪われる）

（わたしは
時の運び屋ではないか）

記憶を嗅ぎ分ける
習性を
いつ身につけたのか
過ぎ去ったものには
蝿が止まっている
（蝿を食べずに済ますことは難しい）
この味を忘れられず
麻薬のように
繰り返し反芻する
未熟な
猿
（蝿の羽音が
　時が流れ去る証なのだ）
羽音を聞きながら
俯く

二足歩行

この寂しげな影を
消せ
肉体の洞窟から
黒い手袋と磨きこんだ刃物の
使い手を呼び出し
うな垂れた
麻薬常習者を
消せ
（運び屋を消せ）

火の柱を受け止めよ
記憶の焼け跡に
日の

新しい影を刻め
地に立ちのぼる
わたしという
気配よ

（重い足取りでわたしを
蹴散らそうとする
誰のものでもない
悔恨
爪を研ぎ
無垢の臓腑を狙う）
（何故悔いなければならないか
何を裏切った
というのか）

気配よ
踊れ
予測のつかない身振りで
焼け跡に
足踏み鳴らせ

なおも
滅びの予感のなかで
蠅を飼いならす
この　陰鬱な
習性

気配よ
知恵の尾は萎縮している

（肥大した灰白質の
　破れ目に
　石化した生命の木
　地を呪う
　記念碑）
穴は
むしろお前の帰るところ
喜び勇んで
体を運べ
（日が濡らすだろう）
肉体の洞窟で
萎えた尾を切り落とせ

（カヅチがいう）
（ここが

知恵のひと騒ぎだとすれば　お前も
過剰な化粧をほどこした　鉦叩きだ)

素手で
切り落とす

被疑者の埃を払い
書物ではなく
(書物は時への審判)
素手で切り落とす
尾は壊死するだろう
空の釣瓶は落ちるだろう

頭を擡げ
揺らめけ

誰のものでもない
気配で

Ⅲ―5

口を濡らすのは
泉であり
水はその口から
あふれてくる
（真理はなぜ夜にあるのか）
わたしが
あふれ
（星はすでにかび臭く）
（光は　なぜ
　わたしから逸れるのか）
地を満たし
真昼の

穴から噴き出る水の
偶然に
花鳥が踊る
わたしの中に湧き立つ魚
盲目の
愛欲への意志の乱舞

（わたしは渦の外にいて
なぜ　なぜと問わなければならないか）

（盛大な食卓に
嘔吐を繰り返す
流し目の
痩せた夜の思想家
自問家よ）

（カヅチがいう）
（まだ　始まっていない
真昼の中に
まだ　立っていない
笑いの門を
地に築け　誰のものでもない
空への笑いの
門を）

老耄の始祖を断つ
鼠の巣のような暗い血の
父と　母を沈める
撚れた襲
硬化した

父と　母からの細い血脈
退屈な
話の
接ぎ穂
陰気なりんごの実

神々の遺言を託されて彷徨う
擬態の係累
（すでに身の隠し場所はなく）

観客がいない舞台の
鏡を背景にして
始祖を
恍惚と殺せ
血を浴びた

赤子の
両手を挙げよ
（体から吹き出す芽）

日の高まりを抱き
うっすら血に染まった
水の
唇で
ここを語れ

血脈と遺言が
砂に埋もれ
笑いが
空の
喫水線を超える

Ⅲ―6

棒のように
突き上げてくる
問い

問いにならないことは
問えないのか
問うことの内に囲われた
わたしという
痩せた知よ

夜空の火山から噴き出す
雲の河を

遡らなければならない

果樹園には
灰が積もり
折れ曲がった羅針盤の
ここは
立ち上がれない知恵の子牛たちの
牧場だったのか

(風の
香しい
神々の足音よ)
(小川のほとりに
蜜蜂よ
日にまみれて

飛べ）

浮遊する方位をそのままに
空を行け

星の水から
這い上がった
さびしい骨格の
乾いた狂気
棒先に
開いた脳髄
波に洗われ
貝のように
干からびるまで
夢を見つづける

不眠の
実

問いは先には行かない

火の沼の魚よ
不眠の実を呑み込み
太陽に
躍り出よ

問いの先へ
神々の化石が重なる海溝を
踊りながら
行け

いくつもの潮の爆発に
濡れて

羅針盤を溢れ越す
時の
縁を
回遊せよ

問いが
赤錆びた沈黙の葦原に
葬られるまで
無方位の夜空を咲き散るまで

回遊せよ
ひと粒のわたしの明るさを

惑星のように
溶けながら

Ⅲ―7

砂漠に捨てられた
一杯の
水

何億年を
どんなに細かく切り刻んでも
見あたらない
ことという場所の
問いの時間

非情な
碧玉の

声

ことばは
おまえのものではない
ことばがおまえに関わることはない

わたしは
日射しから身をかくし
ここを警護する
わたしのものではない
見知らぬことばを武器にして

守られているのは
何

一喜一憂の気散じのみが
止めどなく流出する
わたしは
虚ろな肉の袋に化すだろう

袋の底を
引きずり出し
裏返し
限りない妥協の狡猾を
告発せよ

碧玉の声を撃つ
武器を取れ

わたしは

濡れた包帯によって
巻き取られた
呪縛されたことばだ
ときに血がにじみ
乾いていく
発語

わたしは
光と闇を跨ぐ王として立ち上がる
つねに不足であり過剰である
胎動する声を
一滴
地の底の洞に
滴らせるために

（カヅチの気配すらないのは
わたしのことばのなかに
姿を消したからにちがいない）

空の
斜面を
ゆっくり歩いてくる
影
（誰か）

溢れ　泉
踊れ　魚鳥
朝に咲き　夕べにしぼめ　花
わたしは何度でも帰ってくる
日の柱と

笑いの柱のために

あとがき

次から次へと滑っていくことを強いられる時代である。「じっとしていられない」のである。足は地に着いておらず、つねに上目遣いで、今日よりも明日を求めて、右肩上がりを思ってぴょんぴょん跳ねているのである。鼻先に人参をぶら下げた馬と同じである。

以上は、私自身のことに他ならない。私は足下を掘ってみたくなった。湿っぽい穴の中に入って、薄暗い詩想を捏ねてみたく思った。穴の中は、暗いだけにいろいろなものが、私のなかを行き来した。幻覚といおうか、妄念といおうか、しかし、そこにはそれなりの必然性がおそらく存在する。

私の妄念は、無意識のような、記憶のような、暗い地層の手触りにも似ていた。そして、そこに希望らしい鉱脈が横たわっているようにも思えた。

本編は、行分けのかたちと散文のかたちとから成っている。しかし、行分け詩は、「Ⅰ」と「Ⅲ」とでは大分質が違う。また、散文詩型でも、「Ⅰ」と「Ⅱ」とでは、少し書き方が違う。これは、意識的にそうしたというよりも、書いて行く過程でそうなったというのが、本当である。初めから意識して書いたわけではない。そのときは、そのようにしか書けなかったのである。そのように「虹の地殻」は重ねられている。作品は二〇〇三年から二〇一一年にかけて発表されたものである。

同人諸氏はもちろんのこと、ご配慮いただいた砂子屋書房の田村雅之氏には心から御礼を申し上げたい。

（二〇一六・七・二〇）

詩集　虹の地殻

二〇一六年一〇月一五日初版発行

著　者　橋浦洋志
茨城県水戸市堀町二二五二―二三（〒三一〇―〇九〇三）

発行者　田村雅之
発行所　砂子屋書房
東京都千代田区内神田三―四―七（〒一〇一―〇〇四七）
電話〇三―三二五六―四七〇八　振替〇〇一三〇―二―九七六三一
URL http://www.sunagoya.com
組　版　はあどわあく
印　刷　長野印刷商工株式会社
製　本　渋谷文泉閣